CARI AMICI RODITORI,
BENVENUTI NEL MIO MONDO,
IL MONDO DI

Geronimo Stilton

L'ECO DEL RODITORE
REDAZIONE

GERONIMO
STILTON

Geronimo Stilton

S.O.S. C'È UN TOPO NELLO SPAZIO!

PIEMME

Testi di Geronimo Stilton
Coordinamento testi di Isabella Salmoirago
Coordinamento editoriale di Patrizia Puricelli
Editing di Alessandra Rossi con la collaborazione di Viviana Donella
Consulenza di Carlo e Pietro Paccagnini

Art Director: Iacopo Bruno
Copertina di Andrea Da Rold (disegno) e Andrea Cavallini (colore)
Graphic Designer: Andrea Cavallini / *the*World*of*DOT

Illustrazioni pagine iniziali e finali: Roberto Ronchi (disegno) e Ennio Bufi MAD5 (disegno pag.123), Studio Parlapà e Andrea Cavallini (colore) | Mappe: Andrea da Rold (disegno) e Andrea Cavallini (colore)

Coordinamento artistico di Roberta Bianchi
Assistenza artistica di Lara Martinelli
Illustrazioni interne di Francesco Barbieri (disegno) e Christian Aliprandi (colore)
Grafica di Chiara Cebraro

Da un'idea di Elisabetta Dami
www.geronimostilton.com

Nuova Edizione 2015

info@edizpiemme.it

Anno 2017 - 2018 - 2019 Edizione 7 8 9 10 11 12 13 14 15

Stampa: ELCOGRAF S.p.A.
Via Mondadori, 15 - Verona

Questo libro è stato stampato su carta certificata FSC®

FSC
www.fsc.org
MISTO
Carta da fonti gestite in maniera responsabile
FSC® C115118

DUE FACCE DI FONTINA IN CALZAMAGLIA NERA

Era una notte buia e senza luna e io stavo ronfando **TRANQUILLO**, al calduccio, col piumone tirato fin sulle orecchie. Lo ricordo molto bene, stavo facendo un sogno *bellissimo*: galleggiavo nello spazio, nuotando **FELICE** tra asteroidi di taleggio, pianeti di gruviera e stelle comete

di mozzarella che si lasciavano dietro una scia di filante formaggio fuso...
Purtroppo, però, proprio mentre ero atterrato su uno di quei pianetini di gruviera e stavo per AFFONDARE i denti nella superficie appetitosa di un cratere formaggioso, *qualcosa* mi svegliò. Udii un rumore metallico... il CLACK di una serratura che scattava... quindi il CIGOLÌO di una porta che si apriva...
infine dei PASSI FELPATI...

Squittttt! C'era qualcuno in casa mia!

Io afferrai la prima cosa che trovai (*una ciabatta!*) e, agitandola coraggiosamente (*ehm, quasi...)*, entrai in soggiorno dove vidi due ombre che si aggiravano furtive...

Io urlai: - AAAH!!!
Le ombre urlarono: - AAAAAAH!!!
Io urlai di nuovo: - AAAAAAAAAH!!!
Poi il mio urlo si spense nella notte come una radiolina dalle pile scariche e svenni sbattendo il cranio sul pavimento del salotto.

Aaaaaaaaaaaaaaaah!!!

Mi risvegliai solo la mattina dopo, quando un RAGGIO di sole mi colpì il naso.

Mi alzai faticosamente e mi massaggiai il cranio, nel punto dove era spuntato un enorme BERNOCCOLO, poi iniziai a mormorare tra me e me: – Chi sono? Dove sono? Che ore sono? Perché non sono nel mio letto? E soprattutto, perché ho un bernoccolo enorme sul cranio?

Poi, con uno sforzo che mi fece AUMENTARE il mal di testa, cercai di darmi delle risposte.

– Dunque... il mio nome è Stilton, *Geronimo Stilton*, e dirigo l'*Eco del Roditore*, il giornale più famoso dell'Isola dei Topi.

SOSPIRAI di sollievo: la botta sul cranio non mi aveva rintronato del tutto!

Solo allora mi ricordai delle due OMBRE scure che si aggiravano per casa mia la notte prima. Chissà che cosa avevano RUBATO?

Per prima cosa andai a vedere se Annibale, il mio pesciolino rosso, stava bene.

Gli diedi un Pizzico del suo mangime preferito e lui agitò la coda per salutarmi.

Era VISPO e ALLEGRO, come sempre!

Poi controllai la mia collezione di croste di formaggio del Settecento.

Ci tengo molto, perché le ho cercate una a una nelle BANCARELLE, nelle aste e nei negozi di antiquariato di Topazia.

Anche loro erano al loro posto!

Poi iniziai ad aprire cassetti e armadi, per controllare se c'erano ancora i REGALI dei miei amici, i miei libri preferiti, i golf fatti a mano da zia Lippa...

Tutto era a posto, per FORTUNA!

Non avevano preso nessuna delle cose che mi erano più care. I soldi non mi interessano... ma anche quelli erano al loro posto, nel portafogli che avevo lasciato sul tavolo del soggiorno. STRANO!

Se non avevano rubato nulla, allora che cosa volevano quelle due **FACCE DI FONTINA IN CALZAMAGLIA NERA?**

Fu proprio in quel momento che capii come erano andate veramente le cose: li avevo SPAVENTATI!

Sì, io, proprio io, Stilton, *Geronimo Stilton*, il roditore più fifone dell'Isola dei Topi, avevo messo in fuga due malviventi!

Ero stato un EROE, un *vero eroe*! Non vedevo l'ora di raccontarlo a tutti. Così andai subito in bagno a prepararmi per uscire, canticchiando e fischiettando tutto soddisfatto. Mi scrutai allo specchio: mi sembrava di avere un'espressione più decisa, uno SGUARDO più fiero, un piglio più... più... più... eroico! Fu allora che SQUILLÒ il telefono: era Nonno Torquato.

– Nipote! Dove sei quando c'è bisogno di te, eh? C'è un'EMERGENZA a Topazia e tu sei a casa a dormire? Lo sai che ieri notte c'è stata un'ondata di furti in tutta la città?

– Lo so nonno, due facce di fontina in calzamaglia nera hanno provato a **RUBARE** anche in casa mia, ieri notte! E poi io non stavo dormendo, ero solo svenuto, ma prima li ho fatti scappare! Sono stato un **EROE**, un *vero eroe*!

– Ma quale *vero eroe*, nipote! Sei solo un *vero* **DORMIGLIONE**! Meno male che c'è tua sorella Tea a lavorare all'*Eco del Roditore*, altrimenti sarebbe un *vero* disastro. A proposito, l'ho mandata da te con delle istruzioni **PRE-CI-SIS-SI-ME**! Devi risolvere il mistero dei furti e scrivere un bell'articolo per domani, capito, nipote? Ah, se non ci fossi io a tenere alte le sorti del **GIORNALE** (*mentre tu te la prendi comoda come al solito!*) non so dove andremmo a finire, nipote **BABBEO** e **DORMIGLIONE**!

Poi mi riappese la cornetta sul muso, senza darmi il tempo di rispondere.

PERCHÉ...
PERCHÉÉÉ...
PERCHÉÉÉÉÉ...
IL NONNO MI STRAPAZZA SEMPRE?

Sgronl... scus... sgnak... sciomp!

La telefonata del nonno mi aveva fatto scendere il MORALE sotto i tacchi. Ma quella volta decisi che gli avrei fatto vedere che tipo di topo sono! Avrei scritto un articolo con i baffi e i contro baffi!

Nell'attesa che arrivasse mia sorella Tea, decisi di LAVARMI, vestirmi e concedermi una buona prima colazione.

Aprii la dispensa e tirai fuori dei cereali CROCCANTI ricoperti di formaggio glassato e yogurt al gorgonzola. Gnammm!

Poi decisi di assaggiare uno dei biscottini che tenevo da parte per le occasioni speciali. Stavo già pregustando il MORBIDO RIPIENO al mascarpone, quando lo addentai e... mi AMMACCAI un incisivo! *Alla faccia del morbido ripieno...*

Nel biscotto, ben nascosta nel ripieno, c'era una STRANA capsula metallica che conteneva uno STRANO bigliettino, su cui era scritto uno STRANO messaggio.

Il biglietto era firmato dal mio amico agente segreto Zero Zero Kappa, ma era indirizzato a un certo Zero Zero G. Il mio amico doveva essersi sbagliato.

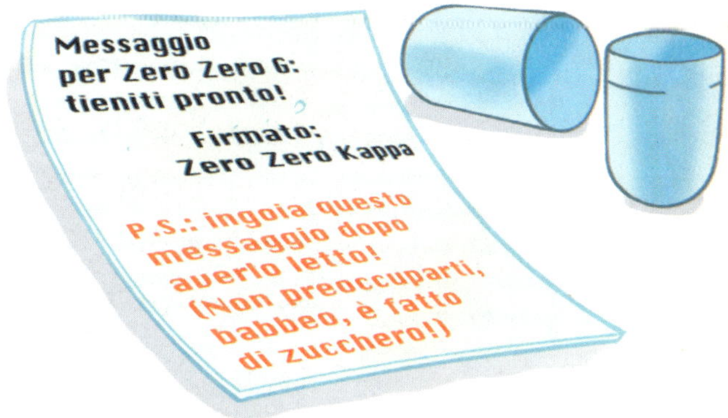

SCHEDA ZERO ZERO KAPPA

NOME: Kornelius Van Der Kaciott.

NOME IN CODICE: Zero Zero Kappa.

PROFESSIONE: agente segreto per il Governo dell'Isola dei Topi.

CHI È: compagno delle elementari di Geronimo Stilton.

COME È DIVENTATO AGENTE SEGRETO: Tutti credono che Kornelius sia un nobiltopo appassionato d'arte e di automobili da corsa.

Anche se nessuno sa come sia diventato agente segreto, lavora per il Governo dell'Isola dei Topi da moltissimo tempo e ha condotto missioni pericolosissime in giro per il mondo!

SEGNI PARTICOLARI: indossa sempre uno smoking superaccessoriato ideale per le sue missioni e gli occhiali da sole, anche di notte!

CURIOSITÀ: trova sempre modi bizzarri e misteriosi per comunicare, perché non vuole che i suoi messaggi vengano intercettati.

SCHEDA ZERO ZERO G

Nome: Geronimo Stilton.

Nome in codice: Zero Zero G.

Professione: direttore dell'Eco del Roditore e agente segreto (mah!).

Come è diventato agente segreto: I Potenti Servizi Segreti Segretissimi Topeschi avevano scoperto che qualcuno voleva rubare la Super Topocoppa, il premio di un torneo di golf. Hanno così deciso di coinvolgere Geronimo (a sua insaputa) nella missione per sventare il furto e, visto il suo eccellente operato, l'hanno nominato agente segreto per il Governo dell'Isola dei Topi.

Segni particolari: è un vero fifone e quando è in pericolo sviene per la paura (mah!).

Curiosità: si trova sempre coinvolto senza volere in missioni segretissime che risolve sempre, senza volere, con eccellenti risultati (mah!).

Mi domandai PERPLESSO: 'Chissà chi è questo Zero Zero G? Non conosco nessun Zero Zero G!'. Poi, all'improvviso, mi ricordai che Zero Zero G ero io! Diverso tempo fa ero diventato anch'io un agente segreto* e quello era il mio nome in codice: come avevo fatto a scordarmene?

Stavo iniziando a pensare preoccupato all'avventura che mi aspettava, quando mia sorella Tea entrò *IMPROVVISAMENTE* in cucina (lei ha le chiavi di casa mia!). Svelto, mi cacciai in bocca il biglietto, iniziai a masticarlo (**Gnamm!** Era davvero di zucchero, ma si attaccò ai denti!), poi FARFUGLIAI:

– *Ehm... sgrlon... scus... sgnak... sciomp!*

Tea mi chiese perplessa: – Gerry, ti senti bene? Mi sembri STRANO...

Io inghiottii (*glomp!*) e risposi: – Grazie Tea,

*Leggi la mia avventura *Il furto del diamante gigante*.

sto benissimo... scusa... avevo... ehm... la bocca piena!

– Gerry, mi sembri proprio STRANO! Ma oggi non ho tempo per le tue stranezze! Ieri notte, a Topazia, ci sono stati moltissimi furti. Pare siano state due **FACCE DI FONTINA IN CALZAMAGLIA NERA...**

Poi mi mise sotto il naso una foto che era stata mandata al giornale dalla POLIZIA di Topazia. Io STRILLAI: – Li riconosco! Hanno tentato di rubare anche in casa mia. Ma io li ho fatti scappare!

– Che cosa? Sono entrati anche in casa tua? E tu li hai fatti **FUGGIRE**? Bravo Geronimo, sei stato un eroe, un *vero eroe*. Peccato che...

– Peccato che?

– Peccato cheee...

– Peccato che... che cosa?

– Peccato cheeeeeeeeee...

– E dillo, su! Mi stai facendo agitare!

– Peccato che... *probabilmente* quei due pericolosissimi furfanti stanotte torneranno a terminare quello che avevano inziato ieri! Al tuo posto dormirei con un **OCCHIO** aperto, anzi meglio, con due occhi aperti!

A quel punto ormai ero preoccupatissimo:

– Grazie, Tea, *probabilmente* stanotte non dormirò affatto.

– Ecco, bravo! Ma adesso non pensarci. Mettiti a **LAVORARE**. Il nonno vuole che

tu scriva un bell'articolo per la prima pagina! Ho già in mente il titolo: **GERONIMO STILTON: UN EROE, UN VERO EROE!**
Poi se ne andò di corsa com'era venuta.
Io tentai di iniziare a scrivere l'articolo, ma non riuscivo proprio a concentrarmi.
Continuavo a pensare a quei due furfanti in **CALZAMAGLIA NERA** che *sicuramente* sarebbero tornati a farmi visita.
Squiiit, che **FIFA FELINA!** Cominciai a tremare, pallido come uno **STRACCHINO**. *Altro che eroe, vero eroe!*
Per calmarmi, mi affacciai alla finestra e provai a fare dei **LUNGHI** respiri. Fu allora che notai una cosa strana: erano spuntati ovunque degli enormi cartelli pubblicitari con delle vistose **SCRITTE GIALLE**. Ce n'era uno proprio davanti alla mia finestra...

Mi diedi una zampata sulla fronte: certo, un **ANTIFURTO**! Era proprio una buona idea! Digitai immediatamente il numero di telefono della ditta **FURBIX**.

Mi rispose una voce registrata: – Buongiorno. Siamo momentaneamente assenti. Stiamo installando gli antifurti Furbix: antifurti furbi per topi furbi! Lasciate un messaggio, sarete richiamati appena possibile. CLICK!
Io lasciai il mio messaggio: – Il mio nome è Stilton, *Geronimo Stilton*. Vorrei installare uno dei vostri antifurti. Fate PRESTO, anzi PRESTISS...

PAURA DEI LADRI?

Non feci in tempo a terminare la parola, perché qualcuno BUSSÒ alla porta di casa. Andai ad aprire e vidi sulla soglia una roditrice snella ed elegante, dai morbidi capelli biondi, che indossava un elegante completo nero e *MISTERIOSI* occhiali da sole neri.

Notai che sul risvolto della giacca portava una spilla con scritto FURBIX e sotto, in piccolo, Furbella de Furbettis.
Ero sbalordito! Che rapidità! CHE SERVIZIO!
La ditta Furbix era il top del top!
Feci accomodare la signorina Furbella in salotto. Lei sfoderò un sorriso affascinante e comprensivo, poi mi mostrò un catalogo completo dei più sofisticati SISTEMI ANTIFURTO.
– Ha fatto bene a chiamarci, CAAARO dottor Stilton! Vedrà, stanotte dormirà tranquillo: con i nostri antifurti super satellitari terremo tutto sotto controllo! Nessuno entrerà più in casa sua, CAAARO dottor Stilton! E siccome lei è il nostro millesimo cliente le faremo uno sconto: tre apparecchiature al prezzo di due!
Dopo solo dieci minuti la signorina Furbella

mi convinse ad acquistare tutto il CATALOGO e a firmare un assegno da capogiro.

Io ripetevo rintronato: – Certo *signorina Furbella*, grazie *signorina Furbella*, faccia lei *signorina Furbella*...

Mentre firmavo, lei insisteva: – FIRMI, FIRMI, FIRMI, CAAARO dottor Stilton! Vedrà, stanotte dormirà tranquillo. E soprattutto, nessuno entrerà più in casa sua!

Appena firmai lei **AFFERRÒ** il contratto e lo mise al sicuro, poi fece una telefonata e in meno di due minuti arrivò una squadra di operai della ditta **FURBIX**.

Ecco che cosa installarono: **75** sensori ai raggi infrarossi (*alle finestre, alle porte, persino alle ante degli armadi e al frigorifero!*);

93 rilevatori in grado di intercettare la presenza di esseri viventi all'interno dell'appartamento; **38** telecamere (*3 per ogni stanza!*); **1** porta blindata; **15** tapparelle elettrificate in titanio super rinforzato; **7** sirene giganti trapanatimpani (*anche quelle collegate via satellite).*

Per entrare in casa bisognava sottoporsi a:

- Controllo delle impronte digitali.
- Esame della pelliccia (colore e morbidezza) con trattamento antipulci incorporato.
- Misurazione di lunghezza della coda.
- Esame completo dei baffi.
- Sistema di riconoscimento vocale.

Il tutto era collegato via satellite con la centrale operativa della **FURBIX**, dove un addetto avrebbe controllato **24 ore su 24** che nessun ladro girasse per casa!

SISTEMI ANTIFURTO

CHE HANNO INSTALLATO A CASA MIA!

1] sensore a raggi infrarossi

2] rilevatore in grado di intercettare la presenza di esseri viventi all'interno dell'appartamento

3] telecamera

4] porta blindata

5] tapparella elettrica in titanio super rinforzato

6] sirena gigante trapanatimpani

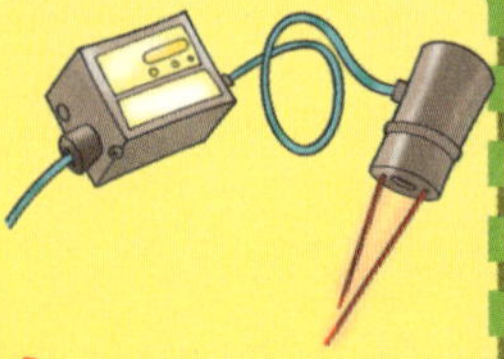

1] Utilissimo per segnalare ogni movimento.

2] Non gli sfuggono neppure gli insetti!

3] Riprende tutto quello che accade... dappertutto!

4] Neanche le zanzare riescono più a entrare in casa!

5] Silenziosa, affidabile e assolutamente antisfondamento!

6] Si sente anche con orecchie foderate di formaggio!

Quando se ne andarono era ormai sera. Scrissi di getto il mio articolo per l'*Eco del Roditore* e lo mandai via POSTA ELETTRONICA in redazione. Consigliai a tutti i cittadini di Topazia di installare dei SISTEMI ANTIFURTO, per scoraggiare quei furfanti che si divertivano a spaventare i roditori per bene. Poi, completamente FRULLATO, ma soddisfatto, mangiai qualcosa e andai a dormire...

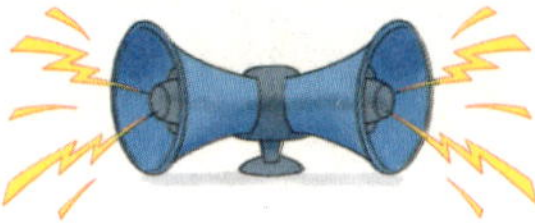

PER MILLE MOZZARELLE, QUEL TOPO ERO IO!

Ero sicuro che quella notte, finalmente, avrei riposato TRANQUILLO: mi sentivo al sicuro! Invece mi sbagliavo, eccome se mi sbagliavo! Alle 11 partì una delle sirene trapanatimpani:

– UUUUUEEEEEEE!!!

Andai a controllare: il mio pesciolino Annibale aveva il singhiozzo. Bastava quello a fare scattare l'allarme. Pensai, ammirato:

ACCIPICCHIA COM'È SENSIBILE!

A mezzanotte le tapparelle elettrificate al titanio super rinforzato iniziarono ad andare SU e GIÙ facendo un fracasso tremendo. Un piccione aveva lasciato un ricordino sul davanzale e aveva fatto scattare l'allarme. Pensai, seccato:

ACCIPICCHIA, È TROPPO SENSIBILE!

Tornai a letto, ma poco dopo le tapparelle ricominciarono ad andare SU e GIÙ perché sotto casa era passato un tram. Quando tentai di fermarle mi schiacciarono la coda, mi pestarono una ZAMPA e mi rimbalzarono ripe-

tutamente sul cranio. All'alba del giorno dopo mi alzai, distrutto. Sciabattai in corridoio mentre le TELECAMERE seguivano il mio passaggio con un ronzio.

–Zzzzzzzzrrrrrrrztik!

Senza far caso alle telecamere mi grattai la pancia, mi stiracchiai, feci un enorme sbadiglio da ippopotamo. E poi (*ebbene sì, lo confesso!*), mi misi le dita nel naso! Per un attimo mi ero dimenticato l'educazione... Ma me ne accorsi immediatamente e le tolsi subito. **ARROSSII** fino alla punta delle orecchie, anche se nessuno, per fortuna, mi aveva visto.

O almeno così credevo!

Poco dopo accesi la **TELEVISIONE** per vedere il primo notiziario del mattino. Il cronista annunciò: – Ed ora un servizio in **ESCLUSIVA** sulla vita degli scimpanzé!
Ma sullo schermo comparve un tipo, a*nzi un topo*, in pigiama, che si grattava la pancia e (*orrore!*) si metteva le dita nel naso.
Per mille mozzarelle... quel topo ero io!

BOCCHEGGIAI per lo stupore, barcollai per lo shock e avvampai per l'imbarazzo. Avevano mandato in ONDA le immagini riprese dalle telecamere del mio antifurto!

Agguantai il telefono per PROTESTARE con quei furbetti della ditta Furbix, che mi avevano installato quegli ASSURDI aggeggi.

Mi rispose la segreteria telefonica: – I nostri uffici sono chiusi. Lasciate un messaggio, sarete richiamati al più presto.

Bipppppppppppppppppppppppp!

Per il nervoso addentai la cornetta del telefono.

Poi decisi di prepararmi una bella colazione, per passare il tempo nell'attesa che riaprissero gli uffici.

Intanto il cronista in TV **FARFUGLIAVA** imbarazzato: – Ci scusiamo per l'inconveniente **TECNICO**... Ecco a voi ora il servizio sugli scimpanzé!

Ma sullo schermo comparvero: Belinda Topato (la moglie del sindaco) con i bigodini in testa!

Poi Pissipissy Rattazz (giornalista della *Chiacchiera*) con due fette di **CETRIOLO** sulla faccia! Mah?!

Infine Sally Rasmaussen (la mia **CONCORRENTE**, direttrice della GAZZETTA DEL RATTO) che faceva ginnastica con un ridicolo tutù fucsia!

Anche loro erano state riprese a loro insaputa dalle TELECAMERE dei loro antifurti e le immagini erano state messe in ONDA dalla principale emittente televisiva!
Ero sconvolto: che cosa stava SUCCEDENDO a Topazia? E soprattutto perché?
Mentre il mio cervellino girava a vuoto per tentare di rispondere a queste domande, aprii il FRIGORIFERO e mi versai una bella tazza di latte. Ma dal cartoccio uscì una barchetta di plastica che si mise a galleggiare tranquilla nella MIA tazza, come se fosse in crociera nei mari del Sud. Una barchetta?

Com'era finita lì dentro?
E soprattutto, chi ce l'aveva messa?
La raccolsi e vidi che dentro c'era un biglietti-

no ARROTOLATO: era un altro messaggio di Zero Zero Kappa!

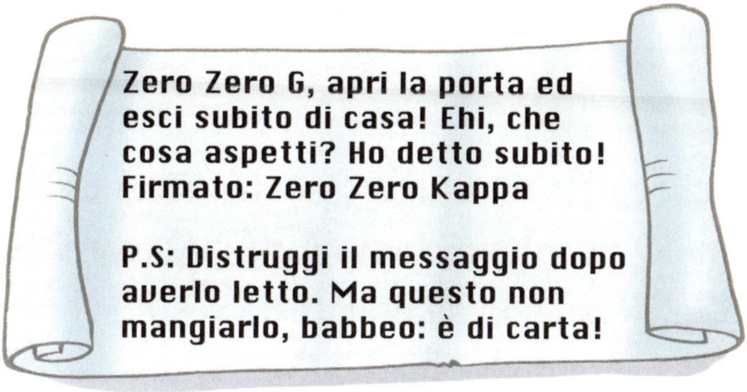

Strillai esasperato: – **BASTA, BIGLIETTINI! NON NE POSSO PIÙ DI BIGLIETTINI!**

Comunque obbedii: ridussi il bigliettino a pezzetti piccoli come coriandoli e li buttai in pattumiera. Poi aprii la porta di casa e uscii fuori.

P.S.S.S.T.

Parcheggiata davanti a casa mia c'era un'elegante e lunghissima auto SCURA, con i vetri SCURI, guidata da un autista vestito con un'elegante divisa SCURA.
Improvvisamente si aprì la portiera, *qualcosa*

mi **AFFERRÒ** per il pigiama e mi tirò dentro la limousine.

Strillai spaventato: – Aiutoooooo! Lasciatemi! **HO UN IMPEGNO URGENTE!** E poi **NON POSSO VENIRE... SONO IN PIGIAMA!**

Ma *qualcosa* mi scaraventò sui sedili scuri e chiuse la portiera. CLICK!

Bussai sul vetro che mi separava dall'autista.

– Si fermi, si fermi subito! Come le ho già detto, **NON POSSO VENIRE... SONO IN PIGIAMA!**

Mi rispose l'autista con una strana voce meccanica: – SPIA-CEN-TE SI-GNO-RE. L'I-TI-NE-RARIO È GIÀ STA-BI-LI-TO. NON È POS-SI-BI-LE MODI-FI-CAR-LO.

Io insistetti: – Scusi, forse lei non ha capito bene. Mi deve riportare subito indietro. Non posso venire... **SONO IN PIGIAMA!**

L'autista non mi diede retta.

– SPIA-CEN-TE, SI-GNO-RE. L'I-TI-NE-RA-RIO È GIÀ STA-BI-LI-TO. NON È POS-SI-BI-LE MODI-FI-CAR-LO.

Poi girò la testa verso di me... la girò così tanto che cacciai un URLO! L'aveva ruotata esattamente di 180 gradi!

Mi guardò fisso e mi fece un sorriso cordiale, ma un po' *finto*. Sgranai gli **OCCHI**...

Altro che sorriso *finto*...

Tutto l'autista era *finto! Finto finto finto!*

Non mi andava proprio di essere portato chissà dove da un autista finto!

Strillai, terrorizzato: – Voglio sceeendere!

A quel punto lui ripeté imperterrito:

– SPIA-CEN-TE, SI-GNO-RE. L'I-TI-NE-RA-RIO È GIÀ STA-BI-LI-TO. NON È POS-SI-BI-LE MO-DI-FI-CAR-LO. E O-RA STI-A ZIT-TO SI-GNO-RE! I-NI-ZIO TRA-SMIS-SIO-NE SE-GRE-TA, TRA CIN-QUE SE-CON-DI... QUAT-TRO... TRE... DUE... UNO... CLICK!

MESSAGGIO URGENTE PER ZERO ZERO G

Piantala di strillare! Ho detto piantala!
Sei in missione segreta!
Datti un contegno, capito? Indossa i vestiti che sono sotto il sedile (così non avrai più la scusa che sei in pigiama!) e taci.
Il nostro sistema di trasporto segreto telecomandato ti porterà direttamente alla sede dei P.S.S.S.T.
P.S.S.S.T. come POTENTI SERVIZI SEGRETI SEGRETISSIMI TOPESCHI, ma anche come PROVOLONE, SE NON STAI IN SILENZIO TI TRITURO, capitooo?
Parola di Zero Zero Kappa

FI-NE TRA-SMIS-SIO-NE SE-GRE-TA. CLICK!

A quel punto obbedii.

Cercai sotto il sedile e indossai subito i vestiti. Se dovevo partire per una missione **SEGRETA** dei **P.S.S.S.T.** non volevo farlo in pigiama!

ALCUNI TRUCCHI PER NOI AGENTI SEGRETI...

Sarà vero che 'l'abito non fa il topo', ma appena indossai quegli abiti da AGENTE SEGRETO, mi sentii molto meglio.

PIÙ SICURO!

PIÙ CORAGGIOSO!!

PIÙ FORTE!!

E MOLTO MOOLTO MOOOLTO AFFASCINANTE...

Cercai di specchiarmi nello specchietto retrovisore per controllare il mio **ASPETTO**. Mi sistemai il farfallino, **SODDISFATTO**:

– Uhmmm, non male!

Proprio in quel momento l'auto scura INCHIODÒ e io venni proiettato in avanti. Protestai seccato:
– Ehi, fai ATTENZIONE!
L'autista rispose imperturbabile:
– SPIA-CEN-TE SI-GNO-RE. L'I-TI-NE-RA-RIO È GIÀ STA-BI-LI-TO. NON È POS-SI-BI-LE MO-DI-FI-CAR-LO. FI-NE DEL-LA COR-SA. AR-RI-VE-DER-CI.

Poi la cintura si slacciò, un braccio MECCANICO mi acchiappò per la giacca e mi gettò in un bidone pieno di immondizia PUZZOLENTE.
Poi il fondo del bidone si aprì e io PRECIPITAI PRECIPITAI PRECIPITAI PRECIPITAI PRECIPITAI...

MISSIONE SEGRETA, ANZI SEGRETISSIMA!

PRECIPITAI all'interno di uno strano tubo di plastica trasparente, per un tempo che mi parve interminabile, finché sbattei il sottocoda su un durissimo **PAVIMENTO** di marmo. **SBANG!** Ahia, che botta!

A giudicare dalla puzza di pesce e dal bidone pieno di lische PUZZOLENTI dovevo trovarmi da qualche parte sotto il porto di Topazia. Di più non posso dirvi, se no che agente segreto sarei? Un segreto è un SEGRETO...
Cercai di RIPULIRMI da tutta quell'immondizia puzzolente e solo allora vidi che la stanza era piena di roditori vestiti come me: erano tutti AGENTI SEGRETI!
Probabilmente mi trovavo nella sede segreta dei P.S.S.S.T.!
Tra quei roditori ne riconobbi uno dalle spalle QUADRATE, dal portamento fiero e dallo sguardo impenetrabile (*per forza, aveva gli occhiali scuri!*): era Zero Zero Kappa!
Lui alzò un SOPRACCIGLIO, increspò di un millimetro il labbro in quello che secondo lui doveva essere un sorriso cordiale.

Gli strinsi la mano: – Anch'io sono felice di vederti, **Kornel...** ehm... **Zero Zero Kappa!**

Poi, **ARROSSENDO** fino alla punta delle orecchie, mi accorsi che lì accanto c'era anche **Zero Zero Vì**, la sua affascinante sorella. Ma non feci in tempo a salutarla che lei si allontanò e Zero Zero Kappa mi afferrò la zampa e me la stritolò: – Benvenuto, **Zero Zero G**. E ora bando alle chiacchiere! (*Ma quali chiacchiere? Non aveva aperto bocca!*). Mettiamoci al lavoro!

Tutti si sedettero **INTORNO** a un tavolo di cristallo, davanti al quale troneggiava un enorme **schermo**. A capotavola era seduto il Grande Capo dei P.S.S.S.T., che disse serio: – La situazione è grave, anzi, gravissima.

Tutti annuirono seri. Solo io non ci capivo

una crosta, così mi permisi di domandare TIMIDAMENTE: – Perché, che cosa succede?

Tutti si voltarono verso di me, alzando tutti insieme un **SOPRACCIGLIO**.

Il roditore riprese sempre più serio:

– Qualcosa di **GRAVE** sta per accadere... Qualcosa che ha a che fare con l'ondata di furti in città e gli strani antifurti satellitari fuori controllo... Insomma, qualcosa di **TERRIBILE** minaccia Topazia!

A quelle parole strillai, spaventato:

– **DOBBIAMO FARE QUALCOSA SUBITO!**

Proprio in quel momento l'**enorme** schermo al plasma si accese... Apparve una **MINACCIOSA** figura mascherata e si udì una **MINACCIOSA** voce gracchiante che pronunciò un **MINACCIOSO** annuncio: – Roditori di Topazia, siete in mio potere! Dal mio satellite **SEGRETO** (*non provate a cercarlo, tanto non lo troverete mai!*) io controllo tutti i sistemi di allarme di Topazia, tutti i sistemi informatici e di comunicazione. Avete una set-

timana per procurarmi una MONTAGNA di lingotti d'oro! E che sia abbastanza alta, altrimenti... saranno guai, guai seri!
Poi scoppiò in una risata lugubre e raggelante.
– UAHAHA! UAHAHA! UAHAHA!
Appena la risata si spense, il Grande Capo annunciò: – Signori, come diceva l'intrepido Zero Zero G, dobbiamo fare qualcosa e subito! CHI PARTE CON LUI?

L'INTREPIDO ZERO ZERO G!

'L'INTREPIDO Zero Zero G'?
Nessuno mi aveva mai chiamato così prima!
Se non fossi stato occupato a TREMARE come uno stracchino andato a male, mi sarei gonfiato d'orgoglio come un SOUFFLÉ al parmigiano stagionato!
Subito Zero Zero Kappa alzò il sopracciglio sinistro ed esclamò: – PARTO io con lui!
Un attimo dopo sentii un profumo raffinato e inconfondibile... era proprio quello di Zero Zero Vì: era tornata! Si sedette accanto a me e, con la sua consueta calma, disse:
– PARTO anch'io insieme a loro!

Stavo per chiedere: '**PARTIREEE? E PER DOVE?**' ma il Grande Capo si alzò e disse:
– Va bene! **PARTIRETE** appena terminato l'addestramento: il lancio è previsto fra 36 ore esatte. Buona fortuna!
Poi schiacciò un pulsante e le nostre sedie **SPROFONDARONO** sotto il pavimento.

Poco dopo 'atterrammo' in una STRANA sala, piena di STRANI macchinari, dove ci venne incontro uno STRANO tipo, dal sorriso cordiale: – Sono il professor Topernico e lui è Topovitz, il mio assistente! Ci occuperemo noi del vostro ADDESTRAMENTO per il lancio...

Io strillai: – Ma... quale lancio?

Zero Zero Kappa alzò il SOPRACCIGLIO: – Non farmi fare BRUTTE FIGURE! Ricordati che sei un agente dei P.S.S.S.T.! (P.S.S.S.T. come: PROVOLONE, SE SOLO STRILLI TI TRITURO!)

– Io preferirei P.S.S.S.T. come... PIETÀ DI ME! SONO SEMPRE STATO UN TOPO TRANQUILLO!

Poi mi resi conto che Zero Zero Vì mi stava fissando, allora tentai di **RICORDARMI** com'era l'espressione da *vero eroe* che avevo provato davanti allo **SPECCHIO** il giorno prima. Ma non ci riuscii proprio perché, purtroppo, il prof. Topernico rispose alla mia domanda: – Zero Zero G, non hai ancora capito? Stavo parlando del vostro **LANCIO** con la navicella spaziale Topollo 6. Dovrete trovare e neutralizzare il **SATELLITE** che quel sorcio usa per controllare Topazia. Mancano solo 34 ore e 55 minuti al **LANCIO**. È già iniziato il conto alla rovescia!

A quel punto non resistetti più e svenni!

Sala riunioni
Sala medica
A I F V
K A L V O
S A T P R
Sala macchine
Lavanderia

LA SEDE SEGRETA DEI P.S.S.S.T.
Laboratorio analisi
Vasche subacquee
Simulatori spaziali

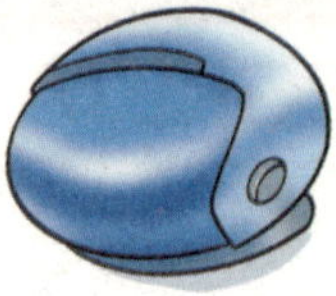

NON HO LA STOFFA PER FARE L'ASTRONAUTA!

Aprii gli occhi subito perché Zero Zero Kappa mi stava prendendo a schiaffoni, mentre Zero Zero Vì mi SVENTOLAVA con un fazzolettino profumato con essenza di mozzarella.

– *Per mille segreti segretissimi!* Coraggio, Zero Zero G! Pensa a tutti quei poveri roditori in PERICOLO.

Zero Zero Vì aveva ragione! Dovevo darmi da fare, per i miei amici, per la mia città...

Così decisi che non potevo tirarmi indietro.

Mi alzai con la testa che girava ma dissi, deciso: – Ok, sono pronto. Che cosa devo fare?

Topernico mi acchiappò per una manica, prima che cambiassi idea, e mi trascinò via.
– Tu vieni con me, pivello! Inizierai subito un programma SUPER concentrato di SUPER allenamento per SUPER astronauti!
Io protestai: – M-ma ... e loro?
– Loro sono già addestrati!
E a questo punto cominciarono i GUAI...
Per prima cosa mi sottoposero a una visita medica ULTRARAPIDA.
In un attimo fui circondato da un mucchio di roditori in camice bianco, che mi esaminarono dalla cima delle orecchie alla punta della coda, scuotendo la testa e bisbigliando perplessi:
– Uhmm... È UN PO' SCARSINO!
– Boh... chissà se ce la farà!
– Mah... secondo me schiatta!
– Bah... è PROPRIO UN PO' SCARSINO!

Uno dei dottori arrivò sventolando i risultati delle mie ANALISI ultrarapide:
– Signori, le analisi parlano chiaro! L'agente Zero Zero G non è UN PO' SCARSINO...
è un caso disperato!
Fu allora che io tentai di SVIGNARMELA:
– Avete sentito? L'ha detto anche lui... sono un CASO DISPERATO! Non ho la stoffa per fare l'astronauta! Allora ciao, arrivederci a tutti e grazie di cuore!
Ma Topernico mi RIACCIUFFÒ per la

Non mi piaceva per niente come mi guardavano tutti quei dottori!

Ancora non mi spiego come ho fatto a ingoiare quel supermega pillolone!

coda: – Dove credi di andare? Il Grande Capo ha detto: 'RIMETTETELO in FORMA e speditelo nello spazio!'. E con il Grande Capo non si discute: ti sistemiamo noi!
In effetti mi SISTEMARONO, eccome se mi sistemarono: mi fecero ingoiare un enorme beverone ricco di vitamine e pillolone giganti. Mi fecero persino un'iniezione di ricostituente con una siringona gigante!
Feci un strillo così forte che lo sentirono fin su Marte!

Il beverone aveva un sapore davvero tremendo!

Per sfuggire alla siringona ho battuto tutti i record di velocità!

Ma i miei guai erano appena cominciati: poco dopo iniziai un addestramento SUPER CONCENTRATO per astronauti. Fu un vero totale assoluto... super disastro!
Prima di iniziare Topernico disse severo:
– PIVELLO, è giusto che tu sappia che per diventare astronauti ci vuole: un FISICO ATLETICO (*e in quanto a fisico sei messo maluccio!*); una LAUREA scientifica (*non servono scribacchini intellettuali come te nello spazio!*); un'ottima conoscenza delle lingue STRANIERE (*come te la cavi con l'inglese? E magari anche con il russo, il cinese e il giapponese?*); non aver PAURA di niente (*e tu, sono pronto a scommetterlo, hai paura di tutto!*); una grande capacità di adattamento...
Io lo INTERRUPPI: – Beh, in questo sono fortissimo! Cioè, ehm... potrei cavarme-

la... beh, insomma... dipende... ma adattamento a che cosa?

– Alla vita nello spazio, PIVELLO! E dimenticavo: di solito per diventare astronauti ci vogliono tre anni di ADDESTRAMENTO, ma con te, PIVELLO (*che sei un caso disperato*), ho meno di due giorni di tempo, quindi...

– Quindi?

– Quindi...

– Quindi, che cosa???

– Quindi è giusto che tu lo sappia, PIVELLO: non so se tornerai vivo!

Io non SVENNI solo perché in quel momento incrociammo nel corridoio Zero Zero Vì e lei esclamò: – CI VEDIAMO NELLO SPAZIO, EROE!

Io cercai di nuovo di RICORDARMI com'era l'espressione da *vero eroe* che avevo provato allo **SPECCHIO** il giorno prima, ma purtroppo mi venne solo un'espressione da *vero babbeo.*

Perché perché perché sono così imbranato?

Topernico mi diede un pizzicotto: – Sveglia, pivello, non c'è tempo per le smancerie! Ti aspettano: **12 ore** di allenamento in piscina con la tuta spaziale per **TENTARE** di insegnarti come muoverti nello spazio (*ma non so se ci riuscirò... sei troppo pasticcione!*); **12 ore** di voli parabolici per **TENTARE** di abituarti all'assenza di gravità (*ma non so se ci riuscirò... sei un po' scarsino!*);

MUOVERSI NELLO SPAZIO

È molto diverso che sulla Terra, perché si è in totale assenza di gravità. Per assicurarsi che tutto proceda per il meglio, gli astronauti vengono sottoposti a intense esercitazioni in vasche subacquee, che sono il luogo migliore per simulare sulla Terra la sensazione di assenza di peso.

8 ore di guida aerospaziale simulata per **TENTARE** di insegnarti a pilotare le astronavi (*ma non so se ci riuscirò... sei troppo imbranato!*).

Io protestai: – Uff! Non ho la stoffa per fare l'**ASTRONAUTA!** E poi questo programma è tremendo! Immagino che non sia prevista la pausa **FRANZO**...

– No, non è prevista.

– E la merenda?

– **NEPPURE.**

– E lo spuntino? Il pisolino? La ricreazione?

– **NON SE NE PARLA NEANCHE.**

– E la pausa, ehm, per fare... pipì?

– Va beh, quella sì, ma basta che fai in fretta! Non c'è tempo da perdere, **PIVELLO**! *Anche se sei un caso disperato,* devo far di te un super astronauta in trentadue ore!

Ecco le mie trentadue ore di super allenamento!

1) Allenamento in piscina

Fui costretto a riparare una finta astronave indossando una tuta spaziale, mentre galleggiavo in una piscina!
Squit, mi sentivo goffo come un pinguino nel Sahara!

2) Allenamento all'assenza di gravità con i voli parabolici

L'aereo salì a 45°, per 30 secondi, e mi sentii schiacciato contro il sedile da una pressione tremenda! Poi il pilota spense i motori, l'aereo precipitò in caduta libera e io iniziai a fluttuare senza peso! Poi il pilota riaccese i motori e risalì di nuovo. Fece su e giù per 12 ore di fila!
Squit, sembravo un frullato di topo!

3) Guida simulata astronavi

Fui costretto ad allenarmi per 8 ore di fila, facendo finta di guidare un'astronave con una specie di complicatissimo videogioco. A un certo punto fui persino colpito da una finta pioggia di asteroidi. Mi si attorcigliarono le zampe, squit!

MENO CINQUE, QUATTRO, TRE, DUE, UNO...

Trentadue ore dopo, Topernico mi disse:
– Ora basta allenarsi, PIVELLO. Adesso si fa sul serio!
Io protestai, in preda al PANICO: – Ma io non mi sento pronto! Potrei allenarmi ancora un po'? Magari... due o trecento anni?
Ma lui rispose, INFLESSIBILE: – Niente da fare: mancano tre ore al lancio!
Così, con le ginocchia MOLLI e i baffi che frullavano per lo stress, mi affrettai fino alla rampa di lancio sotterranea, dove mi attendevano Zero Zero Kappa e Zero Zero Vì, circondati da tutti gli altri agenti dei

P.S.S.S.T. C'era anche il Grande Capo in pelliccia e baffi, che tuonò: – Agente Zero Zero G, ci aspettiamo molto da te. Vai e torna vincitore!

Io per la terza volta tentai di ricordarmi com'era l'**ESPRESSIONE** da *vero eroe*, e quella volta, finalmente, ci riuscii.

Allora risposi, fiero: – **Farò del mio meglio, garantito al formaggio!**

Poi entrai nella Topollo 6, presi posto sul sedile e mi allacciai le cinture.
Io cercai di restare CALMO in quella posizione tremenda, mentre gli esperti completavano gli ultimi controlli prima del lancio, ma DOPO UN'ORA iniziarono a frullarmi i baffi per lo stress.
DOPO DUE ORE, il mio stomaco iniziò a ballare la samba, mentre le ginocchia battevano il tempo come nacchere.
DOPO TRE ORE ero completamente schizzato, con i baffi a ZIGZAG e il cuore che batteva all'impazzata...
Per mille mozzarelle, quelle tre ore furono le più LUNGHE della mia vita!
Finalmente, dalla base il Grande Capo ordinò: – Equipaggio, chiudere e bloc-

TOPOLLO 6

care le visiere dei caschi! Attivare i sistemi di accensione! Accensione... Lancio!
Ci fu un grande **BOATO**, l'accelerazione ci schiacciò contro i sedili e io strillai: – Aiuto, voglio scendereeeeeee!
Zero Zero Kappa imperturbabile sollevò il **SOPRACCIGLIO** sinistro e disse: – Spiacente, Zero Zero G, la prossima fermata sarà alla fine della **MISSIONE** (*sempre che non sia anche la nostra di fine!*).

Zero Zero Vì squittì: – A proposito di fine... caro Zero Zero G, hai fatto **TESTAMENTO**? *Per mille segreti segretissimi*, hai pensato alla tua **TOMBA**? Che ne dici di una bella scultura in **MARMO** che ti raffigura vestito da astronauta?

– No, grazie, non mi va la **SCULTURA** in marmo... Comunque grazie di avermelo ricordato, adesso sì che mi sento tranquillo!

Poi chiusi gli occhi e mi aggrappai ai braccioli del sedile, perché l'***ACCELERAZIONE*** mi schiacciava sempre di più, e la testa mi girava, mi girava... mi girava... mi girava... mi girava...

Rimasi fermo immobile, per un tempo che mi parve interminabile, finché Zero Zero Kappa mi fece *toc toc* sulla visiera del casco.

– **TOC TOC...** C'è nessuno qui dentro? Ho una buona notizia: **SIAMO IN ORBITA!**

Io aprii un occhio... poi l'altro... e vidi che Zero Zero Kappa stava galleggiando senza peso nell'abitacolo.

Sua sorella squittì ENTUSIASTA: – *Per mille segreti segretissimi*, Zero Zero G, vieni a vedere! Che SPETTACOLO incredibile!
Io slacciai le cinture e mi affrettai a raggiungerla, NUOTANDO nell'aria come un ranocchio nello stagno. Poi lei mi prese per mano e così, mano nella mano, ammirammo lo spettacolo più bello del mondo!
Il mio CUORE si riempì di stupore e mi sentii così piccolo nell'immensità dell'universo!
Poi pensai che lì, da qualche parte, c'era Topazia, la MIA CASA e tutti i MIEI AMICI... e mi scappò una lacrimuccia di commozione.
Promisi a me stesso SOLENNEMENTE che, anche se ero solo un piccolo roditore fifone, avrei cercato di fare meglio possibile la mia parte in questo grande e MERAVIGLIOSO universo.

Il sistema solare

È formato da 9 pianeti che girano attorno al Sole e da 127 satelliti, che girano intorno ai pianeti.
La Terra è uno dei pianeti del sistema solare che ruota intorno al Sole.
Vederla dallo spazio è emozionante!

Avrei fatto di tutto per **SALVARE** la *mia* Topazia e i *miei* amici!
Mi voltai a guardare i miei amici: anche loro sembravano **COMMOSSI**. Beh, secondo la loro personale versione di 'commozione': a Zero Zero Kappa **TREMÒ** leggermente la palpebra destra e a Zero Zero Vì **TREMÒ** leggermente la palpebra sinistra!

Poi Zero Zero Kappa propose un brindisi e uno spuntino.
Disse imperturbabile:

– **FESTEGGIAMO** ragazzi, finché siamo in tempo... fra pochi minuti iniziano le danze!
Poi aprì uno **SPORTELLO** automatico e tirò fuori tre confezioni di frullato condensato di grana e pere, riserva

speciale invecchiato dodici anni, e tre bustine di TORTA al mascarpone, vaniglia e gorgonzola (liofilizzata!). Io mi avventai sul FRULLATO (non mangiavo da 36 ore), tolsi il coperchio al bicchiere... e il frullato mi SCHIZZÒ sul muso! Dovetti inseguirlo per tutto l'abitacolo, perché GALLEGGIAVA senza peso, come una bolla dispettosa.

VE L'AVEVO DETTO CHE INIZIAVANO LE DANZE!

Io cominciai a pensare che forse non era così male viaggiare nello SPAZIO (*anche se avevo dovuto inseguire il mio frullato e se la torta liofilizzata aveva un sapore tremendo!*). Tutto sommato iniziavo proprio a divertirmi. E poi di lì a poco 'sarebbero iniziate le danze', l'aveva detto Zero Zero Kappa!

Chissà... magari avrei trovato il coraggio di ballare con Zero Zero Vì. Beh, lei è... ehm... una roditrice davvero AFFASCINANTE, elegante, spiritosa, sicura di sé, gentile. Ebbene sì, mi stavo prendendo una cotta... *spaziale*!

Ma proprio in quel momento, proprio quando stavo per invitarla a ballare con me, *qualcosa* urtò con violenza la Topollo 6 e io finii per **SBATTERE** il cranio!

SQUIIIT, CHE MALE!

Dopo quel primo botto ne seguì un altro e un altro e un altro ancora... Zero Zero Kappa **TUONÒ**: – Tutti ai vostri posti, siamo finiti in mezzo a uno sciame di asteroidi*. Ve l'avevo detto che sarebbero cominciate le danze!

Squiiit, altro che **DANZE**: fummo sballottati di qua e di là per tutta l'astronave come palline da biliardo!

*Gli asteroidi sono piccoli corpi rocciosi in orbita nello spazio, che si trovano in gran parte tra Marte e Giove.

Appena riuscimmo a raggiungere i nostri posti, ci allacciammo le CINTURE di sicurezza e provammo a metterci in contatto con la sede segreta dei P.S.S.S.T.

– Qui Topollo 6. Topollo 6 chiama Terra. Ci sentite? Passo.

Ma dall'altra parte si sentì SOLO: – Qui Terra... *bzzzzzt krrrrk bzzzzzt strack sguisss krrrrk...* fate *krrrk bzzzzt* attenzzzzzt... *sguiss* peric*rrrack.* Passo... *Zot!*

Non CAPIMMO niente! E per di più, quelle furono le ultime parole che riuscimmo a SCAMBIARE con la base dei P.S.S.S.T.!

Per la prima volta da quando lo conosco, persino Zero Zero Kappa mi sembrò preoccupato. AGGROTTÒ la fronte di due millimetri e increspò il labbro di ben tre millimetri: la situazione doveva essere molto GRAVE.

Poi disse, imperturbabile: – Le comunicazioni sono INTERROTTE: si è guastato il sistema di trasmissione. D'ora in poi non potremo più ricevere ISTRUZIONI dalla base...
– Co-co-come? Fo-fo-forse intendi dire che... siamo soli? Abbandonati nello spazio?
– Intendo dire che dalla BASE non potranno comunicarci la posizione del satellite di quel FURFANTE. E se non lo troveremo e non lo disattiveremo al più presto, avremo FALLITO: Topazia sarà nelle sue mani...
– Ma noi non ci arrenderemo, *per mille nebulose nebbiose*!
Io, benché fossi terrorizzato, proposi:
– Potremmo cercare di riparare il sistema di comunicazione...
– Ottima idea! – esclamò Zero Zero Vì. – Ma chi uscirà fuori a fare la RIPARAZIONE?

Zero Zero Kappa non può, perché dovrà PILOTARE manualmente la Topollo 6. Io non posso, perché il mio casco è danneggiato...
Poi i miei amici si voltarono verso di me e mi fissarono in silenzio...
Io mormorai: – Io non so come fare... ma, se mi spiegate, ci proverò!
Così indossai la tuta spaziale, afferrai una sacca con gli attrezzi e uscii fuori, nello spazio PROFONDO, per cercare di riparare il guasto. Solo un cavo di sicurezza mi teneva legato alla Topollo 6. Dall'interno della navicella Zero Zero Kappa mi dava istruzioni: – Più in alto... più a destra... più a sinistra... Ecco, ci sei! Muoviti lentamente e non SGANCIARTI dal cavo, capito? Altrimenti potresti PERDERTI nello spazio!
Io alzai lo sguardo e vidi che l'ANTENNA

parabolica di comunicazione era sopra di me. Il braccio meccanico che serviva a orientarla era AMMACCATO e storto. Non sembrava difficile ripararlo: sarebbero bastate un paio di MARTELLATE ben assestate.
Ma quando tentai di raggiungerlo qualcosa mi trattenne: avevo svolto tutto il cavo. Non avevo scelta: se volevo riparare il guasto, dovevo SGANCIARMI.
Staccai il cavo, fissandolo alla base dell'antenna. Poi, con cautela, mi arrampicai sull'antenna... e sferrai una martellata tremenda. Ma il contraccolpo mi sbalzò all'indietro e io venni scaraventato nel vuoto.
La navicella spaziale proseguiva inesorabile la rotta, ALLONTANANDOSI sempre più. Forse i miei amici non si erano accorti che mi ero perso nello spazio?

Zero Zero G!

Attesi pieno di speranza che Zero Zero Kappa e Zero Zero Vì facessero dietro front...

Ma non accadde nulla.

Poi mi ricordai che Zero Zero Kappa stava cercando di pilotare manualmente la navicella, senza l'aiuto del COMPUTER. Forse non era riuscito a invertire la rotta...

Per di più i miei amici non potevano chiedere SOCCORSI a Terra: chissà se la mia martellata era stata sufficiente a riparare il guasto...

Probabilmente no...

Era stato tutto inutile: avevo fallito!

Topazia era in balia di quel losco individuo senza scrupoli...

Lo confesso, mi misi a PIANGERE.

Piansi finché il mio casco da ASTRONAUTA si riempì di lacrime: sembrava la boccia di cristallo del mio pesciolino Annibale!

Poi venni catturato da una STRANA forza che mi risucchiava verso uno STRANO asteroide color formaggio... Che STRANO!

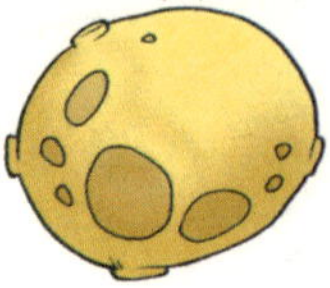

Come un naufrago su un'isola deserta

Venni letteralmente risucchiato da quello **STRANO** asteroide color formaggio, finché sbattei forte il sottocoda. Quella **STRANA** forza era incredibilmente intensa... Che **STRANO!** Come faceva un asteroide così piccolo ad avere una forza di gravità così **FORTE?** Ma al momento non ci feci molto caso: ero felice di sentire una superficie solida sotto le mie **ZAMPE**, invece di andare alla deriva nello spa-

La forza di gravità
Un asteroide, per poter attrarre Geronimo con tale forza, dovrebbe essere grande almeno quanto la Luna! Infatti la forza di gravità di un oggetto, cioè la sua forza di attrazione, dipende direttamente dalla sua massa, cioè dalla quantità di materia da cui è costituito.
Ma allora com'è possibile che Geronimo sia finito su un asteroide così piccolo? C'è sotto qualcosa di... strano!

zio. Mi sentivo come un **NAUFRAGO** su un'isola deserta! Chissà, forse prima o poi un **SATELLITE** di passaggio mi avrebbe individuato... e una spedizione sarebbe partita per riportarmi a casa. Pieno di **SPERANZA**, mi chinai a baciare la superficie di quello strano asteroide. Fu allora che notai un'altra cosa strana: davanti a me, quasi mimetizzati nella sabbia, c'erano dei **BULLONI**!

Quello non era un vero asteroide, era completamente artificiale! Voleva dire che... forse mi sarei SALVATO!

Magari avrei scoperto un deposito di cibo (*cominciavo ad avere un certo appetito!*) o un sistema di comunicazioni per lanciare un S.O.S. e comunicare la mia posizione.

Iniziai con CAUTELA a esplorare il finto asteroide ma, fatti pochi passi, sprofondai nel terreno e ROTOLAI lungo uno scivolo buio. RIMBALZAI di gradino in gradino, finché mi trovai in fondo a una specie di magazzino, colmo di scatoloni e strani macchinari.

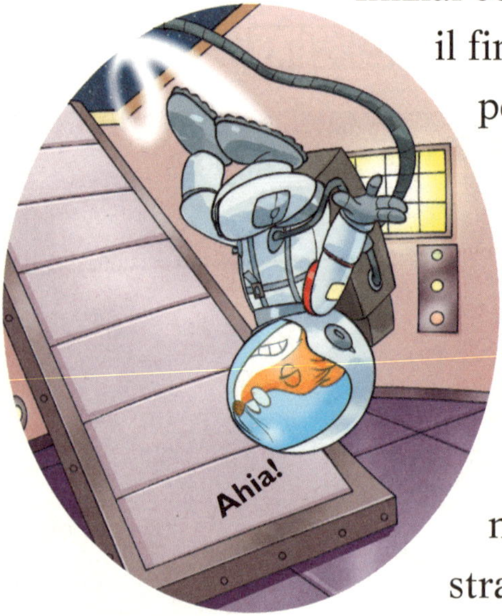

– SQUIIIT, CHE BOTTA!

Mi stavo ancora massaggiando la coda ammaccata, quando davanti a me si aprì una porta SCORREVOLE e un robot mi afferrò con le sue braccia meccaniche e mi trascinò via, gracchiando:

– IN-TRU-SO CAT-TU-RA-TO E IM-PRI-GIO-NA-TO!

Poi mi gettò in una stanza circolare dove due roditori lavoravano davanti a un enorme SCHERMO.

Cooosa?
He he!

– Grazie R-51, ora puoi andare – disse il roditore. Poi si rivolse a me: – Guarda guarda chi è stato ATTRATTO qui dallo spazio grazie al nostro Super Simulatore Gravitazionale! Ti è piaciuto l'Effetto Risucchio, Stilton?

Quando si voltò VERSO di me lo riconobbi subito: era lo stesso roditore apparso sugli SCHERMI della sede dei P.S.S.S.T.

Più guardavo in faccia lui e la sua compare, più mi sembrava di conoscere quei loschi tipi... Ma certo! Erano il professor Mu e sua figlia Muetta*, due MALVAGI scienziati!

Io strillai, indignato: – Lurida pantegana di FOGNA, come osi!

– Strilla pure finché vuoi, Stilton! Tanto fra poco avremo finito. È stato un lavoro GENIALE: prima ho terrorizzato i cittadini di Topazia con una serie di furti, poi ho ven-

*Geronimo aveva già incontrato il professor Mu e Muetta nell'avventura *Lo strano caso del Vulcano Puzzifero*.

duto a tutti gli antifurto satellitari della ditta **FURBIX** (*eravamo sempre noi!*). Così sono riuscito a ottenere il controllo di tutti i COMPUTER di Topazia! E fra 22 ore e 15 minuti esatti atterrerò a Topazia e preleverò la montagna di LINGOTTI d'oro che quei babbei dei tuoi concittadini mi hanno preparato. Ma non è ancora finita, guarda!

Con un ghigno si avvicinò a una tastiera e DIGITÒ una serie di numeri e lettere. Sullo schermo apparve una scritta:

MEGAVORTEX ATTIVATO
TEMPO RIMANENTE 24 ORE

– Appena me ne sarò andato con la mia montagna di lingotti d'ORO il MegaVortex ripulirà tutti i conti in banca di Topazia, poi **DISTRUGGERÀ** tutti i sistemi informatici e di telecomunicazione, così potrò FUGGIRE indisturbato. Ah, dimenticavo: tra 24 ore e 30 minuti tu sarai POLVERIZZATO, mentre io sarò ricco, molto ricco!

Muetta disse, ironica: – Grazie BABBEOTTO, mi sono divertita un sacco a fingere di essere la signorina Furbella de Furbettis!

Poi mi legarono le zampe e se ne andarono.

Una voce metallica risuonò nella stanza:

AU-TO-DI-STRU-ZIO-NE SA-TEL-LI-TE TRA 24 ORE, 11 MI-NU-TI, 30 SE-CON-DI.

AUTODISTRUZIONE
SATELLITE TRA...

AU-TO-DI-STRU-ZIO-NE SA-TEL-LI-TE TRA...

La vocetta metallica continuava a risuonare a intervalli regolari, terrorizzandomi sempre di più, mentre i secondi passavano... Avrei voluto fare qualcosa, ma che cosa? Per di più avevo le ZAMPE legate... Poi mi venne un'idea stratopica: cominciai a picchiare contro le pareti metalliche.

SDENG SDENG SDENG SDENG... SDENG... SDENG... SDENG SDENG SDENG

Tre intervalli brevi - tre lunghi - tre brevi. Era un messaggio di soccorso in codice Morse*, che significa **S.O.S**!

* L'alfabeto Morse è un codice, usato internazionalmente, che serve per comunicare tramite lampi di luce o segnalazioni acustiche.

Continuai per ore e ore e ore... finché crollai a terra sfinito e mi ADDORMENTAI.

Nessuno poteva sentirmi.

ERO SOLO.

Solo nello spazio profondo.

Dormii un sonno agitato da terribili **INCUBI**.

Sognai perfino un marziano che mi picchiettava con un TENTACOLO sulla fronte...

Toc toc! Toc toc! Toc toc!

Quel *toc toc* sulla fronte si ripeté ancora e io mi svegliai di SOPRASSALTO. Aprii gli occhi e, per fortuna, davanti a me non vidi TENTACOLI né MARZIANI (*ovvio, i marziani non esistono!*). Davanti a me c'erano Zero Zero Kappa e Zero Zero Vì. Forse stavo ancora sognando?
Mi sfregai gli OCCHI, mi diedi un pizzicotto, mi tirai un baffo. E siccome sentii un bel po' MALE capii che ero sveglio. Era

vero, tutto vero: i miei amici erano proprio venuti a salvarmi!

BALZAI in piedi e mentre Zero Zero Kappa tagliava le funi che mi legavano le zampe io strillai: – Grazie, amici miei! Ma come avete fatto a TROVARMI?

– È tutto merito tuo: sei riuscito a riparare l'ANTENNA! Così noi abbiamo potuto ricevere dalla base la posizione del satellite di quel FURFANTE e raggiungerti fino a qui. È stato terribile vederti sparire nello spazio: non speravamo più di ritrovarti... *vivo*.

Poi si voltò dall'altra parte per non far vedere che era EMOZIONATO. Zero Zero Vì proseguì il racconto e io notai (*anche se cercava di nasconderla*) che una lacrima brillava nei suoi magnifici occhi *verdi*: – Poi, mentre esploravamo il satellite, abbiamo percepito delle vibrazioni regolari... era un **S.O.S**! E allora, *per mille spazzini spaziali*, abbiamo seguito quel **SEGNALE**, finché abbiamo trovato un ingresso... ed ora eccoci qui!

Proprio in quel momento la voce metallica risuonò nella stanza: – AU-TO-DI-STRU-ZIO-NE SA-TEL-LI-TE TRA: 4 ORE, 0 MI-NU-TI, 0 SE-CON-DI.

Io spiegai loro la situazione e poi dissi, cupo:

– Fra 4 ore verremo disintegrati, polverizzati o magari spolpettizzati...

Zero Zero Kappa sorrise (*cioè increspò il labbro di un millimetro*): – Non è ancora detto. Dimentichi che siamo dei **P.S.S.S.T.** (*P.S.S.S.T. come: Provolone, Se Solo ti Scoraggi ti Trituro*!).

Io **SORRISI**: – Hai ragione, non serve a niente scoraggiarsi. Diamoci da fare!

Anche Zero Zero Vì sorrise (*cioè increspò il labbro di un millimetro*): – Lasciate a me il **MegaVortex**, ci penso io a bloccare il programma! Modestamente sono la migliore programmatrice di tutti i P.S.S.S.T.
Poi con un gesto elegante scosse i morbidi capelli rossi e si sedette al computer.
Io e **Zero Zero Kappa**, invece, uscimmo all'esterno per cercare e disattivare il meccanismo di **AUTODISTRUZIONE**.
Controllammo la superficie dell'asteroide, ma non trovammo nulla!
La situazione era **DRAMMATICA**...
Ci restava solo un'ora per disattivare il MegaVortex poi... *squiiit*... saremmo stati disintegrati o forse polverizzati o magari spolpettizzati... Decidemmo di rientrare sperando che Zero Zero Vì fosse stata più fortunata.

Ma appena entrammo nella stanza lei disse IMPASSIBILE (*ma io riconobbi che c'era un leggero tremolìo nella sua voce*): – Ci sono quasi riuscita, ma c'è un BLOCCO... Mi serve un COMANDO che non conosco: sono ferma da ore e non riesco ad andare avanti.

Io mi avvicinai per CONSOLARLA, ma mi dimenticai che indossavo ancora la tuta spaziale e inciampai nei miei stessi piedi.

Mi sbilanciai in avanti e ANNASPAI per stare in equilibrio, ma finii

3

di traverso su una sedia girevole. Attraversai come un MISSILE tutto il laboratorio e finii a faccia in GIÙ sulla tastiera sulla quale stava lavorando Zero Zero Vì, che balzò indietro STRILLANDO: – Aaah!

Io mormorai: – Ops...

Il computer ronzò: – **Bzzzt! Bzzzt! Bzzzt!**

4

Poi sul pc apparve una scritta lampeggiante:

PROGRAMMA MEGAVORTEX
ANNULLATO

Non credevo ai miei occhi: PLANANDO a faccia in giù sul computer avevo schiacciato i TASTI giusti! Il programma MegaVortex era stato annullato e il piano del professor Mu era fallito! Topazia era salva!

Ma allora, *proprio allora*, una voce metallica risuonò nella stanza: – AU-TO-DI-STRU-ZIO-NE SA-TEL-LI-TE TRA: 0 ORE, 15 MI-NU-TI, 0 SE-CON-DI.

Zero Zero Kappa sollevò entrambi i sopracci-gli *(segno che era molto molto preoccupato*) e disse: – Oh, oh... il programma di autodistru-zione non è stato annullato, meglio togliere il disturbo. **TUTTI ALL'ASTRONAVE!**

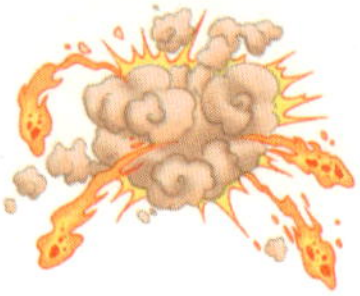

APPENA IN TEMPO!

Ci **PRECIPITAMMO** fuori dal laboratorio, verso la Topollo 6: fortunatamente il finto asteroide era molto piccolo e non dovemmo fare molta strada.

Avviammo immediatamente i **MOTORI** e decollammo più veloci che potemmo.

In pochi minuti ci allontanammo dal satellite color formaggio...

APPENA IN TEMPO!

Un'esplosione tremenda squassò la tranquillità dello spazio. Fu allora, *proprio allora*, che mi resi conto che tutto era finito. Ero salvo! Non ressi all'**EMOZIONE** e... svenni!

Argh!

Mi ripresi poco dopo e mi ritrovai allacciato al mio sedile con Zero Zero Vì che mi sventolava col suo fazzolettino profumato all'essenza di mozzarella: – *Per mille segreti segretissimi*, sei stato un eroe, un *vero eroe*!

Io risposi, arrossendo: – Ehm... no... ehm... non è vero. Io sono solo un topo FIFONE. Ho avuto tanta PAURA... Sono persino svenuto, altro che eroe, *vero eroe*!

Zero Zero Kappa galleggiò verso di me sollevando l'angolo della bocca di ben tre millimetri. Sembra incredibile, ma stava (*quasi*) SORRIDENDO.

– Zero Zero G, tutti hanno paura. Anch'io. Ricorda: **solo chi ha paura e riesce a vincerla è un vero eroe**. Chi non ha mai paura è solo un incosciente. E ora guarda qui, grazie a te, abbiamo salvato Topazia!

Io mi allontanai dalla mia postazione e guardai verso lo SCHERMO del computer di bordo dove vidi una scena del telegiornale della sera, che riportava la PRECIPITOSA fuga del professor Mu e di Muetta!
Il giornalista annunciò: – E così, con la fuga dei due misteriosi malviventi, si conclude la drammatica minaccia che ha gravato sulla nostra città. L'ORO degli abitanti di Topazia è salvo! Da fonti sicure abbia-

mo saputo che tutto il merito va agli eroi SCONOSCIUTI dei P.S.S.S.T. A loro vanno i nostri più sentiti ringraziamenti!
Poi sullo schermo del computer comparve Topernico, il mio ISTRUTTORE, che sogghignò: – Complimenti, pivello, non credevo proprio che ce l'avresti fatta (*non avevo mai allenato uno più scarso di te!*).

Poi apparve il volto del Grande Capo dei **P.S.S.S.T.**, che tuonò solenne: – Grazie, ragazzi, missione compiuta! Siamo fieri di voi, soprattutto di te Zero Zero G (*a dire la verità non pensavamo saresti sopravvissuto a questa missione, avevamo già preparato il tuo funerale!*). E ora, aprite lo **SPORTELLINO** segreto T.E.B.Q.C.F.B.

Io ero **PREOCCUPATO** di dover iniziare subito un'altra missione, così domandai: – Ehm, scusi Grande Capo, ma che cosa significa T.E.B.Q.C.F.B.? E perché dobbiamo **APRIRLO**? Io veramente vorrei andare a casa, farmi un bel bagno, dormire... e soprattutto vorrei far togliere gli antifurti **FURBIX** che ho piazzato dappertutto (*oltretutto non vorrei rimanere sveglio tutte le notti, scattano in continuazione!*).

Il Grande Capo **SORRISE** (*cioè, sollevò di un millimetro l'angolo della bocca*).
– Non **PREOCCUPARTI** di questo, Zero Zero G, li abbiamo fatti togliere noi. Non c'è più **PERICOLO** di furti a Topazia! Se mai dovresti preoccuparti di tuo nonno Torquato: ci è parso piuttosto **NERVOSO**. Dice che quando c'è bisogno di te non ci sei mai... E ora non discutere gli **ORDINI**. Apri lo sportellino T.E.B.Q.C.F.B., il significato della scritta te lo spiego dopo!
Con mano tremante schiacciai un **PULSANTE** appena sopra lo sportellino T.E.B.Q.C.F.B.
Si sentì un click... un ronzio... poi dallo sportellino uscirono tre braccia meccaniche che ci appuntarono sul petto una **medaglia** d'oro al Valor Topesco, mentre gli altoparlanti **TRASMETTEVANO** l'inno di Topazia!

E la scritta T.E.B.Q.C.F.B., direte voi, che cosa significava? Ve lo dico subito: TUTTO È BENE QUEL CHE FINISCE BENE!
In effetti non poteva andare meglio di così, parola di Stilton, *Geronimo Stilton*!

VUOI DIVENTARE UN ASTRONAUTA?

Vuoi provare l'emozione di vedere la Terra dall'alto? Allora è bene che tu sappia qual è la strada giusta da seguire...

Innanzitutto, per diventare astronauti occorrono tanta forza di VOLONTÀ e tanti anni di STUDIO, prima ancora di cominciare il lungo addestramento. L'età giusta per iniziare è fra i 27 e i 37 anni ed è necessario avere ottenuto una laurea SCIENTIFICA.

È importante anche conoscere molto bene l'INGLESE: gli astronauti vengono da Paesi diversi, come Stati Uniti, Russia, Cina e possono condividere missioni con colleghi di diverse nazionalità, quindi devono conoscere l'inglese per poter comunicare tra di loro.

Bisogna essere in PERFETTA SALUTE, perché l'addestramento è davvero duro!

Infine bisogna avere un CARATTERE ADATTABILE: gli astronauti vivono e lavorano in spazi ridotti, perciò devono imparare a essere affiatati come una vera squadra vincente!

Pensi di averne la stoffa?
Allora buon viaggio!

INDICE

TOPOCOLLEZIONE

Segna con una **X** tutti i libri che hai già letto!

- **1** Il misterioso manoscritto di Nostratopus
- **2** Un camper color formaggio
- **3** Giù le zampe, faccia di fontina!
- **4** Il mistero del tesoro scomparso
- **5** Il fantasma del metrò
- **6** Quattro topi nella Giungla Nera
- **7** Il mistero dell'occhio di smeraldo
- **8** Il galeone dei Gatti Pirati
- **9** Una granita di mosche per il Conte
- **10** Il sorriso di Monna Topisa
- **11** Tutta colpa di un caffè con panna
- **12** Il mio nome è Stilton, Geronimo Stilton
- **13** Un assurdo weekend per Geronimo
- **14** Benvenuti a Rocca Taccagna
- **15** L'amore è come il formaggio...
- **16** Il castello di Zampaciccia Zanzamiao
- **17** L'hai voluta la vacanza, Stilton?
- **18** Ci tengo alla pelliccia, io!
- **19** Attenti ai baffi... arriva Topigoni!
- **20** Il mistero della piramide di formaggio
- **21** È Natale, Stilton!
- **22** Per mille mozzarelle... ho vinto al Tototopo!
- **23** Il segreto della Famiglia Tenebrax
- **24** Quella stratopica vacanza alla pensione Mirasorci...
- **25** La più grande gara di barzellette del mondo
- **26** Halloween... che fifa felina!
- **27** Un vero gentiltopo non fa... spuzzette!
- **28** Il libro-valigetta giochi da viaggio
- **29** L'isola del tesoro fantasma
- **30** Il Tempio del Rubino di Fuoco
- **31** La maratona più pazza del mondo!
- **32** Il libro dei giochi delle vacanze
- **33** Il misterioso ladro di formaggi
- **34** Uno stratopico giorno... da campione!
- **35** Quattro topi nel Far West!

- 36 In campeggio alle Cascate del Niagara
- 37 Ahi ahi ahi, sono nei guai!
- 38 La vita è un rodeo!
- 39 La Valle degli Scheletri Giganti
- 40 È arrivata Patty Spring!
- 41 Salviamo la balena bianca!
- 42 Lo strano caso della Pantegana Puzzona
- 43 Lo strano caso dei Giochi Olimpici
- 44 Ritorno a Rocca Taccagna
- 45 La Mummia Senza Nome
- 46 Lo strano caso del vulcano Puzzifero
- 47 Agente segreto Zero Zero Kappa
- 48 Lo strano caso del tiramisù
- 49 Il Mistero degli Elfi
- 50 Il segreto del Lago Scomparso
- 51 Te lo do io il Karate
- 52 Non sono un Supertopo!
- 53 Il furto del diamante gigante
- 54 Ore 8: a scuola di formaggio!
- 55 Chi ha rapito Languorina?
- 56 Non mi lasciare, Tenebrosa!
- 57 La corsa più pazza d'America!
- 58 Attacco alla statua d'oro!
- 59 Lo strano caso del sorcio stonato
- 60 Il tesoro delle Colline Nere
- 61 Il mistero della perla gigante
- 62 Sei ciccia per gatti, Geronimo Stilton!
- 63 Che fifa sul Kilimangiaro!
- 64 Lo strano caso del Fantasma al Grand Hotel
- 65 Il mistero della gondola di cristallo
- 66 Brodo di topo... e ghigni felini
- 67 Lo strano caso del Calamarone Gigante
- 68 Il segreto dei tre samurai
- 69 Datti una mossa, Scamorzolo!
- 70 Da scamorza a vero topo... in 4 giorni e mezzo!
- 71 Lo strano caso della Torre Pagliaccia
- 72 Lo strano caso del ladro di notizie
- 73 Sei in trappola Geronimo Stilton!
- 74 Il mostro di Lago Lago
- 75 C'è poco da ridere, Stilton!

76 S.O.S. c'è un topo nello spazio!
77 La Banda del Gatto
78 Grosso guaio in Mato Grosso
79 Giù le zampe dal mio oro!
80 Viaggiare... che passione!
81 Ingrana la marcia, Stilton!
82 Inseguimento a New York
83 Ci mangeremo... Geronimo Stilton!
84 Ma che vacanza... a Rocca Taccagna!
85 Lo strano caso del ladro di croste
86 Dov'è sparito Falco Rosso?
87 Geronimo cerca casa
88 Il tesoro di Valle Valgatta
89 La Gara dei Supercuochi
90 Lo strano caso dei brufoli blu
91 Il mistero delle Sette Matrioske
92 Caccia al Libro d'Oro
93 Il tesoro di Rapa Nui
94 C'è un pirata in Internet
95 Una tremenda vacanza a Villa Pitocca!
96 Lo strano caso dei formaggi strapuzzoni
97 Il mistero del Papiro Nero
98 Allarme... topo in mare!
99 Appuntamento... col mistero!
100 Il Castello delle 100 Storie
101 Il mistero del rubino d'Oriente
102 Operazione panettone
103 Un topo in Africa
104 La magica notte degli Elfi
105 Il mistero del violino scomparso
106 Lo strano caso del ladro di cioccolato
107 Finale di Supercoppa... a Topazia!
108 Il Fantasma del Colosseo
109 La notte delle Zucche Mannare
110 Il segreto dei Pattini d'Argento
111 Ahi, ahi, ahi, che avventura alle Hawaii!
112 Compleanno... con mistero!

L'ECO DEL RODITORE

1 Ingresso

2 Tipografia (qui si stampano i libri e giornali)

3 Amministrazione

4 Redazione (qui lavorano redattori, grafici, illustratori)

5 Ufficio di Geronimo Stilton

6 Pista di atterraggio per elicotteri

1
2
18
9
4
8
3
12
32
10
11
13
19
45
5
22
20
46
15
17
7
40
24
25
26
28
33
38
27
36
14
16
23
37
21
31
29
35
44
41
30
34
6
39
42
43

TOPAZIA, LA CITTÀ DEI TOPI

1 Zona industriale di Topazia
2 Fabbriche di Formaggi
3 Aeroporto
4 Televisione e radio
5 Mercato del Formaggio
6 Mercato del Pesce
7 Municipio
8 Castello Snobbacchiottis
9 Sette colli di Topazia
10 Stazione ferroviaria
11 Centro Commerciale
12 Cinema Topeon
13 Palestra Topgym
14 Salone dei Concerti
15 Piazza Pietra Che Canta
16 Teatro Tortiglione
17 Grand Hotel
18 Ospedale
19 Orto Botanico
20 Bazar della Pulce Zoppa
21 Casa di zia Lippa e di Benjamin
22 Museo di Arte Moderna
23 Università e Biblioteca
24 Gazzetta del Ratto
25 Eco del Roditore
26 Casa di Trappola
27 Quartiere della Moda
28 Ristorante Fromage d'Or
29 Centro per la Difesa del Mare e dell'Ambiente
30 Capitaneria di Porto
31 Stadio
32 Campo da Golf
33 Piscina
34 Tennis
35 Parco dei divertimenti
36 Casa di Geronimo
37 Quartiere degli Antiquari
38 Libreria
39 Cantieri navali
40 Casa di Tea
41 Porto
42 Faro
43 Statua della Libertà
44 Ufficio di Ficcanaso Squitt
45 Fattoria biologica
46 Casa di nonno Torquato

ISOLA DEI TOPI

1 Grande Lago di Ghiaccio
2 Picco Pelliccia Ghiacciata
3 Picco Telodoioilghiacciaio
4 Picco Chepiufreddononsipuò
5 Topikistan
6 Transtopacchia
7 Picco Vampiro
8 Vulcano Sorcifero
9 Lago Zolfoso
10 Passo del Gatto Stanco
11 Picco Puzzolo
12 Foresta Oscura
13 Valle Misteriosa
14 Picco Brividoso
15 Passo della Linea d'Ombra
16 Rocca Taccagna
17 Parco Nazionale per la Difesa della Natura
18 Las Topayas Marinas
19 Foresta dei Fossili
20 Lago Lago
21 Lago Lagolago
22 Lago Lagolagolago
23 Rocca Robiola
24 Castello Zanzamiao
25 Valle Sequoie Giganti
26 Fonte Fontina
27 Paludi solforose
28 Geyser
29 Valle dei Ratti
30 Valle Panteganosa
31 Palude delle Zanzare
32 Rocca Stracchina
33 Deserto del Tophara
34 Oasi del Cammello Sputacchioso
35 Picco Cocuzzolo
36 Giungla Nera
37 Rio Mosquito
38 Porto Crostolo
39 Porto Sorcio
40 Porto Tanfoso
41 Porto Schifio
42 Topoforte
43 Topazia
44 Galeone dei Gatti Pirati

1
2
3
4
5
6
7
8
9
10
11
12
13
14
15
16
17
18
19
20
21
22
23
24
25
26
27
28
29
30
31
32
33
34
35
36
37
38
39
40
41
42
43
44

CARI AMICI RODITORI,
ARRIVEDERCI AL PROSSIMO LIBRO.
PAROLA DI STILTON...
GERONIMO STILTON!

DIVERTIMENTO, NOVITÀ E TANTI GIOCHI!
WWW.GERONIMOSTILTON.COM

PROVA D'ACQUISTO
GERONIMO STILTON STORIE DA RIDERE
N°76